Hacer conexiones:
el texto y yo / el texto y otros textos / el texto y el mundo

Haces conexiones al leer cuando algo en esa lectura te hace pensar en una cosa parecida. Puede ser algo que **viviste**, otra cosa que **leíste** o algo que **sabes** del mundo que te rodea.

Mi ropa

Lada J. Kratky

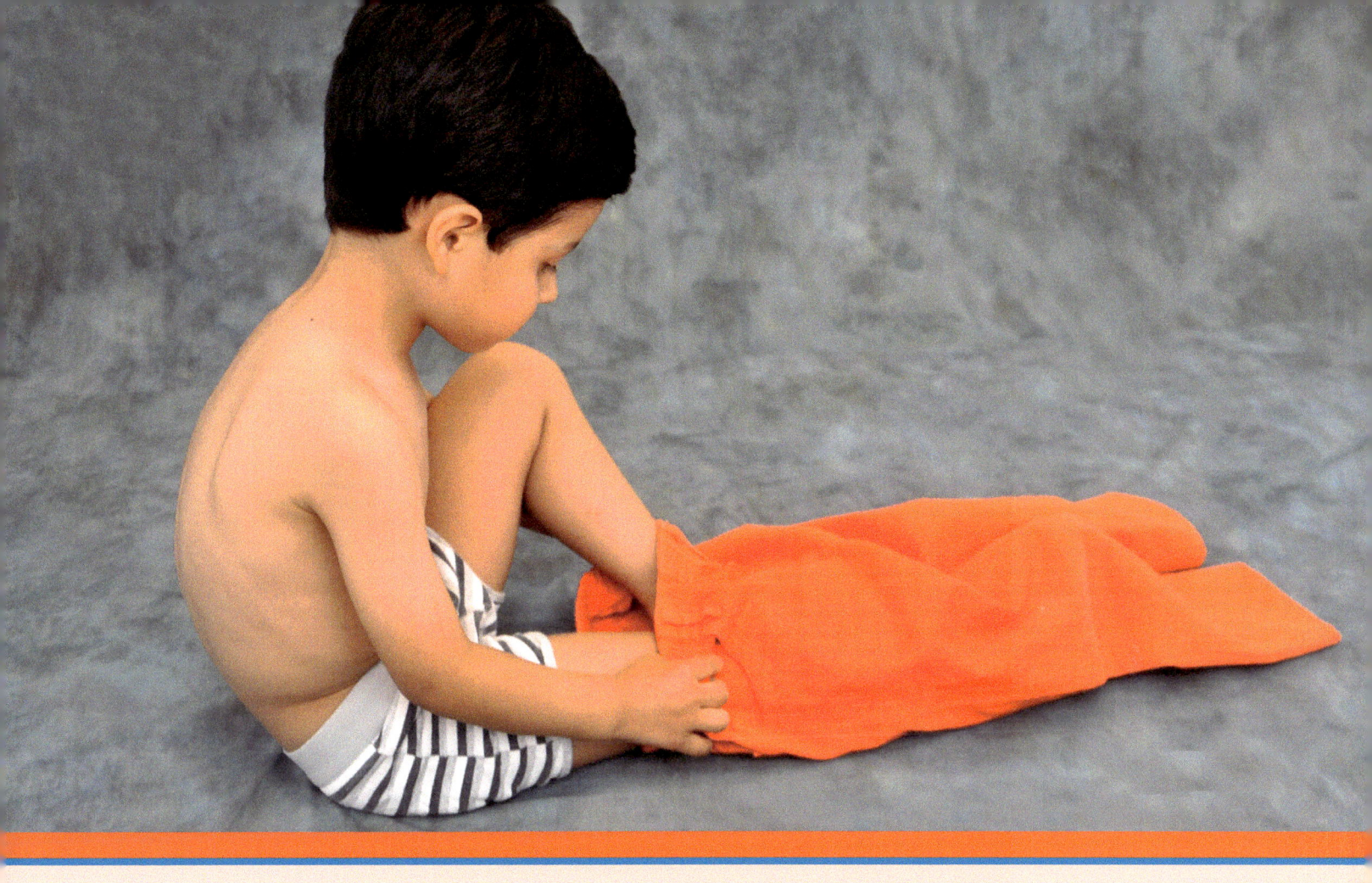

pantalones

camiseta

calcetines

zapatos

abrigo

mochila

gorra

¡Listo!

Mi ropa
ISBN: 978-1-68292-521-8

© Del texto: 2017, Lada Josefa Kratky

© De esta edición:
2019, Vista Higher Learning, Inc.
500 Boylston Street, 10th Floor
Boston, MA 02116-3736
www.vistahigherlearning.com
www.loqueleo.com/us

Dirección editorial: Isabel C. Mendoza
Edición: Ana I. Antón
Dirección de arte y producción: Jacqueline Rivera
Fotógrafo: Carlos Z. Baquero
Modelo: Harvey Martín Torres
Montaje: Gráfika LLC

Todos los derechos reservados.
Esta publicación no puede ser reproducida, ni en todo ni en parte, ni registrada en o transmitida por un sistema de recuperación de información, en ninguna forma ni por ningún medio, sea mecánico, fotoquímico, electrónico, magnético, electroóptico, por fotocopia o cualquier otro, sin el permiso previo, por escrito, de la editorial.

Published in the United States of America.
4 5 6 7 8 9 GP 26 25 24